Arthur Conan Doyle

Les Propriétaires de Reigate

Table des matières

Les propriétaires de Reigate

Au printemps de 1887, la santé de mon ami, M. Sherlock Holmes, s'était trouvée ébranlée par un surmenage excessif. L'affaire de la Compagnie de Hollande et Sumatra et les projets fantastiques du baron Maupertuis sont encore trop présents à la mémoire du public et trop intimement liés à de délicats problèmes politique et de finance pour trouver place dans cette galerie de croquis. Ils furent pourtant l'origine indirecte d'une démonstration par mon ami de l'excellence d'une arme nouvelle qu'il n'avait pas encore utilisée dans sa guerre aux criminels.

Si je me réfère à mes notes, je constate que le 14 avril je reçus un télégramme de Lyon m'avisant que Holmes, malade, était alité à l'Hôtel Dulong. Dans les vingt-quatre heures, j'étais à son chevet ; à mon grand soulagement je ne découvris rien de grave dans les symptômes de son mal. Sa constitution de fer, cependant, n'avait pas résisté à la tension d'une enquête qui s'était prolongée pendant deux mois ; au cours de cette période, il n'avait jamais travaillé moins de quinze heures par jour ; il lui était même arrivé m'affirma-t-il, de ne pas se reposer une heure pendant cinq jours d'affilée. Le succès éclatant qui couronna ses efforts, ne le mit pas à l'abri d'une réaction, et tandis que l'Europe retentissait du bruit fait autour de son nom, que sa chambre était jonchée de télégrammes de félicitations dans lesquels on s'enfonçait jusqu'à la cheville, je le trouvai en proie à la plus noire des dépressions. Il savait qu'il avait réussi là où les polices de trois pays avaient échoué, et qu'il avait déjoué toutes les manœuvres du plus habile filou d'Europe : cela ne suffisait pas à le tirer de sa prostration nerveuse.

Trois jours plus tard, nous étions de retour à Baker Street. Mais il était évident que mon ami tirerait le plus grand profit d'un changement d'air, et j'avoue que la perspective de passer une semaine à la campagne n'était pas personnellement pour me déplaire. Mon vieux camarade le colonel Hayter, que j'avais soigné en Afghanistan, s'était rendu acquéreur d'une maison près de Reigate, dans le Surrey, et il m'avait souvent invité à passer quelques jours chez lui. La dernière fois que je l'avais vu, il m'avait formellement déclaré que, si mon ami voulait m'accompagner, il serait heureux de le recevoir avec moi. Il me fallut user d'un peu de diplomatie, mais quand Holmes apprit que notre hôte était célibataire et qu'il jouirait de la plus entière liberté, il se laissa persuader. Une semaine après notre retour de Lyon, nous nous trouvions donc sous le toit du colonel. Hayter était un bon vieux soldat qui avait beaucoup voyagé, et, comme je l'avais prévu, il se découvrit avec Holmes de nombreux traits communs.

Au soir de notre arrivée, nous étions réunis après dîner dans la salle d'armes ; Holmes s'allongea sur le canapé, tandis que Hayter et moi examinions sa collection d'armes à feu.

— A propos, dit le colonel, je vais emporter là-haut un de ces revolvers pour le cas où nous aurions une alerte.

— Une alerte ? m'écriai-je.

— Oui, nous avons eu récemment une petite alerte. Le vieil Acton, qui est l'un de nos gros bonnets du comté, a été cambriolé lundi dernier. Il n'y a pas eu beaucoup de dégâts, mais les voleurs n'ont pas encore été arrêtés.

— Pas de piste ? interrogea Holmes en lançant un coup d'œil au colonel.

— Pas jusqu'ici. Mais c'est une affaire insignifiante, un petit fait divers de campagne, tout à fait indigne, monsieur Holmes, de retenir votre attention après cette grosse affaire internationale !

Holmes écarta de la main le compliment, mais son sourire montra qu'il y avait été sensible.

— Pas de détails caractéristiques ?

– Ma foi non. Les voleurs ont mis à sac la bibliothèque et ils n'ont guère été récompensés de leur travail. Toute la pièce a été mise sens dessus dessous, les tiroirs ouverts, les papiers dispersés, pour le butin que voici : un volume dépareillé de l'Homère de Pope, deux chandeliers en doublé, un petit baromètre en chêne, et une pelote de ficelle.

– Quel curieux assortiment ! murmurai-je.

– Oh ! les cambrioleurs ont évidemment mis la main sur ce qu'ils pouvaient emporter !

Sur son canapé, Holmes émit un grognement.

– La police locale devrait tirer quelque chose de cela ! fit-il. Voyons, il est clair que...

Mais je levai un doigt menaçant :

– Vous êtes ici pour vous reposer, mon cher ! Au nom du Ciel, vous ne jetez pas sur un nouveau problème quand vos nerfs sont en loques.

Holmes haussa les épaules, lança du côté du colonel un regard empreint de résignation comique, et la conversation dévia vers des sujets moins dangereux.

Le destin voulut, cependant, que ma vigilance professionnelle eût été dépensée en pure perte, car le lendemain matin le problème nous assaillit de telle manière qu'il ne nous fut pas possible de l'ignorer, et notre séjour à la campagne prit une tournure tout à fait imprévue. Nous étions en train de prendre notre petit déjeuner quand le maître d'hôtel du colonel fit dans la salle à manger une entrée bruyante, très incompatible avec sa réserve habituelle.

– Vous savez la nouvelle, monsieur ?... Chez les Cunningham, monsieur !

Le colonel s'immobilisa avec sa tasse de café entre la table et sa bouche.

– Un cambriolage ?

– Un meurtre !

Le colonel siffla entre ses dents.

– Nom d'un chien ! s'écria-t-il. Qui a été tué ? Le juge de paix ou son fils ?

–Ni l'un ni l'autre, monsieur. C'est William, le cocher. D'un coup en plein cœur, monsieur. Mort sans dire un mot.

– Qui l'a tué ?

– Le cambrioleur, monsieur. Il a disparu. Il venait de fracturer la fenêtre de l'office quand William est arrivé. William a perdu la vie en défendant le bien de son maître.

– Quelle heure était-il ?

– Cette nuit, monsieur. Vers minuit.

– Bien. Nous irons faire un tour par là tout à l'heure, dit le colonel avec un grand sang-froid.

Il attendit que le maître d'hôtel fût sorti pour ajouter :

– Sale histoire ! C'est un personnage très influent par ici, ce vieux Cunningham ; de plus, un brave homme. Il sera fort affligé, car le cocher était à son service depuis de nombreuses années et c'était un excellent serviteur. Nous nous trouvons devant les mêmes brigands qui ont cambriolé la maison d'Acton.

– Et qui ont volé cette collection si particulière ? demanda pensivement Holmes.

– Exactement.

– Hum ! Peut-être la chose est-elle d'une simplicité enfantine. Tout de même, à première vue, elle apparaît plutôt bizarre, n'est-ce pas ? Normalement, une bande de cambrioleurs opérant dans une région ne pratique point deux fois dans la même ville à quelques jours d'intervalle : elle a intérêt à transporter plus loin le théâtre de ses exploits ! Quand vous avez parlé hier soir de prendre des précautions, j'ai pensé que Reigate était sans doute la dernière paroisse de l'Angleterre qui intéresserait le ou les voleurs. Décidément, j'ai encore beaucoup à apprendre !

– S'il s'agit d'un professionnel local, dit le colonel, les maisons d'Acton et de Cunningham sont évidemment celles qu'il aurait choisies : elles sont de beaucoup les plus grandes du pays.

– Et les plus riches ?

– Elles devraient l'être. Mais leurs propriétaires sont tous deux engagés depuis des années dans un procès qui les ruine à mon avis. Le vieil Acton revendique la moitié du domaine de Cunningham ; des deux côtés, les hommes de loi se font payer cher...

– Si c'est un coquin des environs, il ne devrait pas y avoir de grandes difficultés à lui mettre la main au collet ! fit Holmes en réprimant un bâillement. Ne vous inquiétez pas, Watson ! Je n'ai nulle envie de m'en mêler.

– L'inspecteur Forrester, monsieur ! annonça le maître d'hôtel en ouvrant la porte.

Le représentant de la police officielle, jeune, présentant bien, l'œil vif, pénétra dans la pièce.

– Bonjour, colonel. J'espère que je ne vous dérange pas trop ? Mais nous avons appris que M. Holmes, de Baker Street, se trouvait ici...

Le colonel désigna mon ami. L'inspecteur s'inclina.

– ... Nous avons pensé, monsieur Holmes, que peut-être vous voudriez bien faire quelques pas avec moi.

– Le sort est contre vous, Watson ! s'écria Holmes en riant. Nous étions en train de discuter de l'affaire quand vous êtes entré, inspecteur. Consentirez-vous à nous donner quelques détails ? Quand je le vis s'adosser contre la chaise dans l'une de ses attitudes favorites, je compris que le cas était désespéré.

– Nous n'avions aucun indice dans l'affaire Acton. Mais ici nous avons de quoi marcher, et sans aucun doute, dans les deux affaires, il s'agit de la même bande. L'homme a été vu.

–Ah !

– Oui, monsieur. Mais il a détalé comme un daim après avoir tiré le coup de feu qui a tué net le pauvre William. M. Cunningham l'a vu de la fenêtre de sa chambre, et M. Alec Cunningham l'a vu de la porte de service. Il était minuit moins le quart quand l'alerte a été donnée. M. Cunningham venait de se mettre au lit, et M. Alec, en robe de chambre, fumait une pipe. Tous deux ont entendu William le cocher appeler au secours, et M. Alec est descendu quatre à quatre pour voir ce qui se passait.

La porte de service était ouverte ; quand il arriva au bas des marches, il vit deux hommes qui se battaient dehors. L'un des deux hommes tira un coup de feu ; l'autre tomba ; le meurtrier se rua dans le jardin et escalada la haie. M. Cunningham, de la fenêtre de sa chambre, aperçut le bandit quand il atteignit la route, mais il le perdit de vue presque immédiatement. M. Alec s'arrêta pour regarder s'il pouvait porter secours au mourant, si bien que le meurtrier put s'échapper. En dehors du fait qu'il était de taille moyenne et vêtu d'étoffe sombre, nous n'avons pas d'autre indication particulière, mais nous nous livrons à une enquête serrée, et s'il est étranger au pays nous le trouverons bientôt !

– Que faisait là ce William ? A-t-il dit quelque chose avant de mourir ?

– Pas un mot. Il habite avec sa mère la loge du concierge ; c'était un serviteur très dévoué ; aussi pensons-nous qu'il s'était dirigé vers la maison pour voir si tout était normal. Vous comprenez, l'affaire Acton avait alerté tout le pays. Le cambrioleur venait de forcer la porte de service (la serrure a été effectivement forcée) quand William lui est tombé dessus.

– Est-ce que William a dit quelque chose à sa mère avant de sortir ?

– Elle est très vieille et sourde. Impossible d'obtenir d'elle le moindre renseignement ! Le choc de la mort de son fils l'a assommée, mais je crois qu'elle n'a jamais été très vive d'esprit. Cependant il y a un élément extrêmement important. Regardez !

Il tira de son carnet de notes un petit morceau de papier déchiré, et il l'étala sur son genou.

– Ce bout de papier a été trouvé entre le pouce et l'index de la victime. Il semble que ce soit le fragment angulaire d'une feuille plus grande. Vous remarquerez que l'heure qui y est indiquée est exactement l'heure à laquelle le pauvre diable est mort. Vous voyez que son meurtrier a pu lui arracher le reste du feuillet, à moins que William n'ait arraché ce fragment à son assassin. A lire ces quatre bouts de ligne, on dirait qu'il y a eu rendez-vous : « à onze heures trois quarts... apprendrez... beaucoup... utile. » Holmes s'empara du papier.

– En supposant qu'il s'agisse d'un rendez-vous, poursuivit l'inspecteur, on peut admettre que ce William Kirwan, en dépit de sa réputation d'honnêteté, ait été de mèche avec le voleur. Il a pu le rencontrer là, ou il a pu l'aider à forcer la porte, et ensuite ils ont bien pu se quereller.

– Ce papier présente un intérêt extraordinaire ! murmura Holmes en l'examinant avec une intense concentration d'esprit. Nous nous trouvons dans des eaux beaucoup plus profondes que je ne l'aurais cru !

Il se plongea la tête dans les mains tandis que l'inspecteur souriait complaisamment devant l'effet que produisait son affaire sur le célèbre spécialiste de Londres.

–Votre dernière remarque, dit bientôt Holmes, relative à la possibilité d'une entente entre le cambrioleur et le cocher, et concluant que nous ayons là un billet de rendez-vous entre eux, est ingénieuse. Je ne dis pas que l'hypothèse soit improbable, mais ce papier nous ouvre...

A nouveau, il enfouit son visage entre ses mains et il demeura quelques minutes enfermé dans ses pensées. Quand il releva la tête, je fus surpris de voir ses joues aussi colorées, ses yeux aussi brillants qu'avant sa maladie. Il sauta sur ses pieds avec toute sa vieille énergie.

– Je vous dirai quoi ! reprit-il. J'aimerais examiner tranquillement les détails de l'affaire. Il y a quelque chose qui me fascine. Si vous m'y autorisez, colonel, je vais vous laisser avec mon ami Watson, et je vais faire un tour avec l'inspecteur pour vérifier quelques-unes de mes petites idées fantaisistes. Je serai de retour dans une demi-heure.

Une heure et demie s'écoula avant que l'inspecteur ne revînt. Il était seul.

– M. Holmes est en train de faire les cent pas dans le champ, expliqua-t-il. Il désire que tous les quatre nous nous rendions ensemble à la maison.

– Chez M. Cunningham ?

– Oui, monsieur.

–Pour quoi faire ?

L'inspecteur haussa les épaules.

– Je l'ignore totalement, monsieur. Entre nous, je crois que M. Holmes n'est pas tout à fait rétabli de sa maladie. Il s'est conduit d'une façon bizarre, et il est très excité.

– Je ne crois pas que vous ayez besoin de vous inquiéter, dis-je. D'habitude, il y a toujours de la méthode dans sa folie.

– Certains pourraient dire qu'il y a de la folie dans sa méthode, marmonna l'inspecteur. Mais il est tout feu tout flamme pour partir, colonel ! Si vous êtes prêt, nous ferions mieux d'y aller. Nous retrouvâmes Holmes dehors. Il arpentait le champ. Il avait le menton enfoncé dans sa poitrine, les mains enfouies dans les poches de son pantalon.

– L'affaire prend de l'intérêt, dit-il. Watson, votre promenade à la campagne sera une réussite remarquable. J'ai passé une matinée charmante.

– Vous vous êtes déjà rendu sur les lieux du crime ? demanda le colonel.

– Oui. L'inspecteur et moi avons effectué une petite reconnaissance.

– Couronnée de succès ?

– Ma foi, nous avons vu différentes choses très intéressantes. Tout en marchant, je vous dirai ce que nous avons fait. D'abord nous avons vu le cadavre de ce malheureux. Il est certainement mort d'une balle de revolver, comme on vous l'a dit.

– Vous en doutiez ?

– Oh ! il est toujours préférable de tout vérifier. Notre examen n'a pas été inutile. Nous avons eu ensuite une petite conversation avec M. Cunningham et son fils, qui nous ont montré l'endroit exact où le meurtrier était passé dans sa fuite à travers la haie. Ç'a été passionnant !

– Naturellement.

– Puis nous avons vu la mère du pauvre diable. Elle n'a pu nous donner aucun renseignement, tant elle est vieille et faible.

– Et le résultat de vos investigations est que...

– Une conviction : ce crime n'est pas banal. Peut-être la visite que nous allons faire apportera-t-elle un élément qui la rendra moins obscure. Je crois que nous sommes bien d'accord, inspecteur, sur l'importance extrême à attacher au fragment de papier trouvé dans la main de la victime et sur lequel était écrite l'heure précise de sa mort ?

– Il devrait nous donner une indication, monsieur Holmes.

– Il nous donne une indication. La personne qui a écrit ce billet est celle qui a tiré William de son lit à cette heure-là. Mais où est le reste de cette feuille de papier ?

– J'ai examiné le sol très soigneusement dans l'espoir de retrouver l'autre morceau, murmura l'inspecteur.

– Le papier a été arraché de la main du mort. Pourquoi quelqu'un tenait-il tant à l'avoir ? Parce que le papier l'incriminait. Qu'en a-t-il fait ? Il l'aura sans doute mis dans sa poche, sans remarquer qu'un coin manquait et était demeuré dans la main du mort. Si nous pouvions récupérer le reste de ce feuillet, nous avancerions à grands pas vers la solution du problème.

– Oui. Mais comment arriver à la poche du criminel avant d'avoir attrapé le criminel ?

– Oh ! cela vaut la peine d'y penser ! Il y a un autre point évident. Le billet a été envoyé à William. L'homme qui l'a écrit ne le lui a pas remis, sinon il aurait communiqué son message verbalement et non par écrit. Qui donc a transmis le billet ? Ou bien serait-il arrivé par la poste ?

– Je me suis livré à une enquête là-dessus, répondit l'inspecteur. William a reçu hier une lettre par le courrier de l'après-midi. Il a détruit l'enveloppe.

– Excellent ! s'écria Holmes en tapant dans le dos de l'inspecteur. Vous avez vu le facteur. C'est un plaisir de travailler avec vous ! Bon. Voici la loge. Si vous voulez bien me suivre, colonel, je vous ferai les honneurs de la scène du crime.

Nous dépassâmes la petite villa où avait vécu le cocher assassiné, et nous montâmes par une allée bordée de chênes vers une belle vieille maison construite au temps de la reine Anne : la date de Malplaquet était inscrite sur le fronton de la porte. Holmes et l'inspecteur nous firent faire le tour de la demeure jusqu'à ce que nous arrivions à une porte latérale ; quelques mètres carrés de jardin la séparaient de la haie qui longeait la route. Un policier se tenait de faction à la porte de service.

– Ouvrez la porte, je vous prie ! dit Holmes. Maintenant, vous voyez cet escalier : c'est de ces marches que le jeune M. Cunningham aperçut les deux hommes qui luttaient à l'endroit où nous sommes. Le vieux M. Cunningham se tenait à cette fenêtre, la deuxième sur la gauche, et il a vu le meurtrier s'enfuir juste à gauche de ce buisson. Le fils l'a vu aussi. Ils sont tous deux formels à propos du buisson. Puis M. Alec a couru s'agenouiller à côté du cocher blessé. Le sol est très dur, comme vous pouvez le constater, il n'y a pas d'empreintes pour nous guider.

Tandis qu'il parlait, deux hommes descendirent l'allée du jardin après avoir contourné la maison. L'un était âgé il avait une tête puissante, des traits burinés, des paupières lourdes. L'autre était un jeune homme vif, dont l'expression souriante, gouailleuse, contrastait étrangement avec la nature de l'affaire qui nous avait amenés dans sa maison.

– Encore là-dessus, alors ? fit-il en s'adressant à Holmes. Je croyais que vous autres, gens de Londres, étiez imbattables. Vous n'avez pas l'air d'avancer bien vite !

– Ah ! il faut nous accorder un peu de temps ! répondit Holmes d'une voix enjouée.

– Vous en aurez besoin ! déclara le jeune Alec Cunningham. Dites, je n'ai pas l'impression que nous possédions le moindre indice.

– Un seul, répondit l'inspecteur. Nous pensons que si seulement nous pouvions trouver... Mon Dieu ! monsieur Holmes, que se passe-t-il ?

Le visage de mon pauvre ami avait pris un aspect épouvantable. Ses yeux s'étaient révulsés, ses traits se tordirent sous l'effet de la souffrance ; en poussant un gémissement étouffé, il s'écroula par terre. Effrayés par la soudaineté et la violence de cette crise, nous le transportâmes dans la cuisine sur un large fauteuil où pendant quelques minutes il respira lourdement. Finalement, après s'être excusé de sa faiblesse, il se remit debout.

– Watson vous dira que je relève d'une maladie pénible, expliqua-t-il. Je suis encore sujet à ces soudaines crises nerveuses.

– Voulez-vous que je vous fasse reconduire dans mon cabriolet ? proposa le vieux Cunningham.

– Hé bien ! puisque je suis ici, il y a un point à propos duquel je voudrais être fixé absolument. Nous pouvons le vérifier très facilement.

– De quoi s'agit-il ?

– Voilà : je me demande si l'arrivée de ce pauvre William a eu lieu avant ou après l'entrée du cambrioleur dans la maison. Vous semblez tenir pour certain que, bien que la porte eût été forcée, le voleur n'a jamais pénétré à l'intérieur.

– Cela me paraît évident, répondit gravement M. Cunningham. Voyons, mon fils Alec n'était pas encore au lit : il aurait certainement entendu du bruit.

– Où était-il assis ?

– Dans mon cabinet de toilette, en train de fumer.

– Quelle fenêtre ?

– La dernière à gauche, à côté de celle de mon père.

– Vos lampes, chez vous et chez votre père, étaient allumées ?

– Sans aucun doute.

– Il y a décidément quelques points singuliers dans cette affaire ! fit Holmes en souriant. N'est-il pas extraordinaire qu'un cambrioleur (et un cambrioleur non dépourvu d'expérience) entre de force dans une maison alors que deux lumières lui indiquent que deux membres de la famille sont encore debout ?

– Il devait avoir un fameux sang-froid !

– N'est-ce pas, si l'affaire n'était pas bizarre, nous nous serions abstenus de faire appel à vous ? dit M. Alec. Mais pour en revenir à votre idée que le cambrioleur a dévalisé la maison avant d'être surpris par William, je la trouve absurde. N'aurions-nous pas trouvé les lieux en désordre et remarqué qu'il manquait divers objets ?

– Cela dépend de la nature de ces objets, répondit Holmes. Rappelons-nous que nous avons à faire à un cambrioleur d'un type un peu spécial, et qui semble travailler d'une manière particulière. Considérez, par exemple, l'étrange assortiment qu'il a emporté de la maison d'Acton. Qu'est-ce qu'il y avait ? Une pelote de ficelle, un pèse-lettre, et je ne sais quoi !

– Nous nous en remettons entièrement à vous, monsieur Holmes ! dit le vieux Cunningham. Tout ce que vous suggérerez, vous ou l'inspecteur, sera certainement fait.

– En premier lieu, j'aimerais que vous offriez une récompense, vous-même, car la police mettra du temps à fixer la somme, et il convient d'agir au plus vite. J'ai préparé une formule : voudriez-vous la signer ? Cinquante livres suffiront, je pense.

– J'en donnerais volontiers cinq cents ! dit le juge de paix en prenant la feuille de papier et le crayon que Holmes lui tendait. Mais ceci ne m'apparaît pas tout à fait correct, ajouta-t-il en parcourant le papier.

– Je l'ai écrit assez vite...

– Voyez ! Vous commencez ainsi : « Attendu que, vers minuit trois quarts, une tentative... etc. » Or il était minuit moins le quart, onze heures trois quarts si vous préférez.

Cette erreur me contraria, car je savais comme Holmes était susceptible, sensible à toute défaillance de sa part. Il était célèbre pour la précision quant aux faits. Décidément sa maladie l'avait secoué ! Ce simple petit incident me montrait éloquemment à quel point une convalescence prolongée lui serait salutaire. Pendant quelques instants il demeura embarrassé. L'inspecteur leva le sourcil. Alec Cunningham éclata de rire. Le vieux monsieur corrigea l'erreur et rendit le papier à Holmes.

– Faites-le imprimer le plus tôt possible, dit-il. Je crois que votre idée est excellente.

Holmes rangea soigneusement le papier dans son portefeuille.

– Et maintenant, dit-il, ce serait une bonne chose si nous visitions ensemble toute la maison afin de nous assurer que ce cambrioleur un tant soit peu excentrique n'a rien emporté.

Auparavant, Holmes examina la porte qui avait été forcée. Il était évident qu'un couteau robuste ou une cisaille avait été enfoncé, et que la serrure avait été repoussée. Les traces sur le bois étaient encore visibles.

– Vous ne mettez pas de barres, par conséquent ? demanda Holmes.

– Nous ne l'avons jamais jugé nécessaire.

– Vous n'avez pas de chien ?

– Si. Mais il est attaché de l'autre côté de la maison.

– Quand les domestiques se retirent-ils ?

– Vers dix heures.

– D'habitude William était couché à cette heure-là ?

– Oui.

–Il est curieux que cette nuit précisément il ait été debout. A présent, monsieur Cunningham, je serais très heureux si vous vouliez bien nous faire visiter votre maison.

Un couloir dallé, où débouchaient les cuisines, menait par un escalier en bois directement au premier étage de la maison. Sur le palier aboutissait un deuxième escalier plus décoratif qui venait du vestibule de devant ; on y voyait les portes du salon ainsi que de plusieurs chambres dont celles de M. Cunningham et de son fils. Holmes avançait lentement, observant toute l'architecture de la maison. D'après l'expression de son visage, je compris qu'il était sur une piste chaude ; mais je n'imaginais guère la direction où l'engageaient ses déductions.

– Mon bon monsieur ! s'écria non sans impatience M. Cunningham, ceci n'est sûrement pas nécessaire. Ma chambre est là, au bout des marches, et celle de mon fils est la suivante. Je laisse à votre bon sens le soin de dire si le voleur a pu monter sans que nous l'ayons entendu.

– Vous devriez faire demi-tour et chercher une autre piste, je crois ! fit le jeune Cunningham avec un sourire malicieux.

– Je vous demanderai pourtant de tolérer encore un instant mon caprice. J'aimerais, par exemple, voir jusqu'où s'étend le champ visuel à partir des fenêtres. Ceci est la chambre de votre fils ? demanda Holmes en poussant la porte. Et voici le cabinet de toilette où il était assis en train de fumer quand l'alarme fut donnée. Sur quoi donne la fenêtre ?

Il traversa la chambre, ouvrit une porte, et jeta un coup d'œil dans la pièce attenante.

– J'espère que vous êtes satisfait maintenant ? interrogea avec humeur M. Cunningham.

– Merci. Je pense que j'ai vu tout ce que je désirais voir.

– Si c'est absolument nécessaire, nous pouvons entrer dans ma chambre.

–Si cela ne vous dérange pas trop...

Le juge de paix haussa les épaules et il nous conduisit dans sa propre chambre, fort confortablement meublée. Pendant que nous la traversions en direction de la fenêtre, Holmes ralentit pour se mettre à ma hauteur en queue du groupe. Au pied du lit il y avait une petite table carrée, qui supportait une carafe d'eau et un panier d'oranges. En passant à côté d'elle, Holmes, à ma grande stupéfaction, se pencha et la renversa. La carafe se brisa en mille morceaux, et les fruits roulèrent dans toutes les directions.

– C'est malin, Watson ! s'exclama-t-il froidement. Vous avez bien arrangé le tapis !

Tout confus, je me baissai et commençai à ramasser les fruits. Certes, j'avais deviné que pour un motif quelconque mon compagnon désirait que j'assumasse la responsabilité de cette maladresse. Les autres firent avec moi la chasse aux oranges et nous remîmes la table d'aplomb.

– Tiens ! s'écria l'inspecteur. Où est-il passé ?

Holmes avait disparu.

– Attendez-moi ici ! fit le jeune Cunningham. Ce type, à mon avis, n'est pas dans son assiette. Venez avec moi, papa.

Ils se précipitèrent hors de la chambre. Nous demeurâmes tous trois, le colonel, l'inspecteur et moi, à nous regarder stupéfaits.

– Ma foi, je commence à croire que M. Alec a raison ! murmura l'inspecteur. C'est peut-être une conséquence de sa maladie, mais tout de même...

Il s'arrêta court : un cri, presque un hurlement, retentit :

– Au secours ! A l'assassin !

Comme un fou je me précipitai sur le palier, car j'avais reconnu la voix de mon ami. Les cris s'étaient transformés en gémissements rauques, inarticulés. Ils provenaient de la pièce que nous avions visitée en premier. Je me ruai à l'intérieur, puis dans le cabinet de toilette. Les deux Cunningham étaient penchés au-dessus du corps prostré de Sherlock Holmes ; le fils lui serrait la gorge à deux mains ; le père lui tordait un poignet. En un éclair nous les eûmes arrachés à leur proie. Holmes se remit sur ses pieds, très pâle ; visiblement épuisé, il chancelait.

– Arrêtez ces hommes, inspecteur ! haleta-t-il.

– Sur quelle accusation ?

– Celle d'avoir assassiné leur cocher, William Kirwan !

L'inspecteur le considéra avec ahurissement :

– Allons, allons, monsieur Holmes ! fit-il. Je suis sûr que réellement vous ne voulez pas dire que...

– Non ? Mais regardez-les, voyons ! cria Holmes.

Jamais figures humaines ne confessèrent plus clairement l'aveu d'une culpabilité. Le vieux Cunningham semblait pétrifié : son visage buriné était empreint d'une dureté mauvaise. Le fils avait perdu toute sa jactance, toute sa gouaille ; dans ses yeux noirs luisait la férocité d'une dangereuse bête sauvage qui déformait ses traits. L'inspecteur ne dit rien, mais il alla vers la porte et sortit son sifflet. Deux de ses agents arrivèrent aussitôt.

– Je n'ai pas le choix, monsieur Cunningham ! fit-il. J'espère que tout ceci se terminera par l'éclatante démonstration de votre innocence. Mais vous pouvez voir que... Ah ! vous voudriez ?

– Lâchez-moi ça !

Il lança sa main en avant, et un revolver, que le jeune homme venait d'armer, tomba sur le plancher.

– Gardez cette pièce ! dit Holmes qui mit le pied dessus. Elle sera utile au procès. Mais voici ce dont nous avions surtout besoin !

Il leva en l'air un petit bout de papier chiffonné.

– Le reste du feuillet ? s'écria l'inspecteur.

– Exactement.

– Et où était-il ?

– Là où j'étais sûr qu'il se trouvait. Je vais tout vous expliquer. Je pense, colonel, que vous et Watson pourriez rentrer maintenant ; je vous rejoindrai dans une heure au plus tard. L'inspecteur et moi devons avoir un petit entretien avec les prisonniers. Vous me reverrez certainement pour le déjeuner.

Sherlock Holmes tint parole : vers une heure, il pénétra dans le fumoir du colonel. Il était accompagné d'un vieux monsieur qu'il présenta comme le M. Acton dont la maison avait été le théâtre du premier cambriolage.

– Je désirais que M. Acton fût présent pour écouter ma démonstration, dit Holmes, car tout naturellement les détails ne lui sont pas indifférents. Je crains, mon cher colonel, que vous ne regrettiez amèrement l'heure où vous avez accueilli l'oiseau des tempêtes que je suis !

– Au contraire ! répondit chaleureusement le colonel. Je considère comme un grand privilège d'avoir été le témoin de vos méthodes de travail. J'avoue qu'elles dépassent tout à fait mon attente, et que je suis parfaitement incapable de comprendre comment vous êtes parvenu à ce résultat. Je n'ai pas encore vu le vestige d'un indice !

– J'ai peur que mes explications ne vous déçoivent, car j'ai toujours eu pour habitude de ne rien cacher de mes méthodes à ceux qui, comme mon ami Watson ou tout autre, s'y intéressent intelligemment. Mais tout d'abord, comme je suis encore sous le choc des coups que j'ai reçus dans le cabinet de toilette, je crois, colonel, qu'une rasade de votre cognac me fera grand bien. Mes forces ont été soumises à une dure épreuve.

– Je croyais que vous étiez débarrassé de ces crises nerveuses...

Sherlock Holmes rit de bon cœur.

– Nous en parlerons tout à l'heure, dit-il. Je vais vous faire un récit chronologique de l'affaire, pour vous montrer les divers éléments qui m'ont guidé. Si quelque chose ne vous paraît pas tout à fait clair, ayez l'amabilité de m'interrompre.

« Dans l'art du détective, il est excessivement important de distinguer entre les faits qui ne sont que des incidents et les faits essentiels. Sinon l'attention et l'énergie se dissiperaient au lieu de se concentrer. Pour cette affaire, depuis le début je n'ai pas eu le moindre doute : la clé de l'énigme devait être cherchée dans le bout de papier que la victime avait en main.

« Avant d'aller plus loin, je voudrais vous faire remarquer que si le récit d'Alec Cunningham avait été correct, et si l'agresseur, après avoir tué William Kirwan, s'était immédiatement enfui, il n'aurait pas pu arracher et déchirer le papier que tenait le mort. Si ce n'était pas lui, c'était donc Alec Cunningham en personne, car avant que le vieux Cunningham fût descendu, plusieurs domestiques seraient accourus. C'est un détail simple, mais l'inspecteur l'a négligé parce qu'il est parti de l'hypothèse où ces gros bonnets du pays n'avaient rien à voir dans l'affaire. Or moi, je me fais une règle de n'avoir aucun préjugé et de suivre docilement la voie que m'ouvrent les faits. C'est pourquoi tout au début de mon enquête je me suis un petit peu méfié du rôle qu'avait joué M. Alec Cunningham.

« Alors j'ai étudié de près le bout de papier que l'inspecteur nous avait montré. Tout de suite, je fus persuadé que c'était un document fort intéressant. Le voici. N'observez-vous rien de très suggestif ?

– L'écriture est bien irrégulière, dit le colonel.

– Mon cher monsieur, s'écria Holmes, il ne peut pas y avoir le plus léger doute : il a été écrit par deux personnes, chacune traçant un mot. Quand j'aurai attiré votre attention sur la barre accentuée dans les mots « trois » et « utile », et sur la fine barre du t dans le mot « quarts », vous en serez convaincu. Une très brève analyse vous permettrait d'affirmer que les mots « apprendrez » et « beaucoup » sont écrits d'une main ferme tandis que le mot « quarts » est tracé d'une main moins sûre, plus débile.

– Mais c'est clair comme le jour ! s'écria le colonel. Pourquoi diable se mettre à deux pour écrire une lettre ?

– Voilà : c'était une vilaine affaire ! L'un des deux, celui qui se méfiait de l'autre, était résolu à ce que chacun eût une part égale à ce qui arriverait. Mais des deux, celui qui écrivit « trois » et « utile » était certainement l'instigateur du coup.

– Comment êtes-vous parvenu à cette conclusion ?

– Nous pourrions le déduire simplement par la comparaison du caractère des deux écritures. Mais nous possédons des motifs plus valables que ce qui ne serait en somme qu'une supposition. Examinez soigneusement ce bout de papier ; vous constaterez que l'homme à la main ferme a écrit ses mots le premier en laissant des blancs pour que l'autre les remplisse. Ces blancs n'ont pas toujours été assez longs. L'homme à la main plus faible a eu du mal, par exemple, à intercaler son « heures » entre « onze » et « trois », mots qui indubitablement avaient été tracés avant. Je dis donc que l'homme qui a écrit ses mots le premier est assurément l'homme qui a machiné l'affaire.

– Excellent ! s'écria M. Acton.

– Mais très superficiel ! ajouta Holmes. Venons-en à présent à un élément d'importance. Vous ignorez peut-être que le calcul de l'âge d'après l'écriture est presque devenu une science exacte. Normalement, on peut, presque à coup sûr, dire l'âge d'un homme à dix ans près. Je répète : normalement. Car il y a des cas de maladie ou de déficience physique où se trouvent reproduits des signes de sénilité, même lorsque le sujet est jeune. Mais dans notre affaire, en examinant l'écriture ferme et décidée de l'un et l'écriture plus hésitante de l'autre (lisible certes, mais dont les t ont presque perdu leur barre), nous pouvions affirmer que l'un était jeune et l'autre d'un âge avancé quoique encore vert.

– Excellent ! s'écria à nouveau M. Acton.

– Un autre point, toutefois, est d'un intérêt plus subtil, et supérieur. Entre ces deux écritures, il existe des analogies. Elles émanent donc de deux êtres du même sang. Cela apparaît nettement dans l'e grec qui leur est commun. Mais d'autres ressemblances moins affirmées indiquent la même chose. Je suis absolument sûr qu'il existe une particularité familiale dans ces deux spécimens d'écriture. Je ne vous livre, naturellement, que les principaux résultats de mon examen. J'ai fait vingt-trois autres déductions qui intéresseraient surtout des experts spécialisés. Toutes tendaient à me confirmer dans l'impression que les Cunningham, père et fils, étaient les auteurs de cette lettre.

« Étant arrivé jusque-là, il me restait, bien sûr, à examiner les détails du crime et à voir comment ils pouvaient nous aider. Je me rendis à la maison avec l'inspecteur, et je vis tout ce que j'avais à voir. La blessure sur le cadavre avait été provoquée, je l'ai déterminé avec une certitude absolue, par un coup de revolver tiré à un peu plus de quatre mètres. Il n'y avait pas sur les vêtements de traces de noircissement causé par la poudre. Alec Cunningham avait donc menti quand il avait déclaré que les deux hommes étaient aux prises quand le coup avait été tiré. D'autre part, le père et le fils étaient d'accord sur l'endroit où l'homme se serait enfui par la route. Or à cet endroit il y a un fossé qui était plein de boue, mais où manquaient les empreintes que j'aurais dû trouver s'ils avaient dit la vérité. Jamais un inconnu n'était intervenu dans l'affaire.

« J'avais encore à découvrir le mobile du crime singulier. Dans ce but, je m'astreignis d'abord à déceler la raison pour laquelle un cambriolage avait été commis chez M. Acton. D'après ce que le colonel nous avait dit, je compris qu'un procès vous mettait aux prises, monsieur Acton, avec les Cunningham. Tout de suite j'eus l'idée qu'ils avaient forcé votre bibliothèque avec l'intention d'emporter un document qui aurait été d'importance pour la suite des débats judiciaires.

— C'est exact, répondit M. Acton. Leurs intentions étaient nettes. J'ai des droits bien établis sur la moitié de leur domaine actuel ; s'ils avaient pu trouver un certain papier qui, par chance, est dans le coffre de mon avoué, ma position aurait été fort affaiblie.

— Nous y voilà ! fit Holmes en souriant. C'était une tentative dangereuse, trop hardie, où je retrouve l'influence du jeune Alec. N'ayant rien découvert, ils ont essayé d'éloigner les soupçons en agissant comme de vulgaires cambrioleurs ; c'est pourquoi ils ont pris ce qui leur est tombé sous la main. Tout cela est assez clair, mais tout à l'heure était encore assez obscur. Ce que je voulais surtout, c'était récupérer la partie manquante du billet. J'étais persuadé qu'Alec l'avait arrachée de la main de la victime et presque certain qu'il l'avait fourrée dans la poche de sa robe de chambre. Où l'aurait-il mise ailleurs ? Toute la question était de savoir si elle s'y trouvait encore. Cet objectif méritait un effort. Voilà pourquoi nous sommes tous allés dans la maison.

« Les Cunningham nous rejoignirent dehors, près de la porte de la cuisine. Il ne fallait absolument pas leur rappeler l'existence de ce papier ; sinon ils le détruiraient aussitôt. L'inspecteur était sur le point d'y faire allusion en leur expliquant l'intérêt que nous lui attachions. Un hasard bienveillant voulut alors que je subisse une sorte de syncope et que le sujet de la conversation s'en trouvât modifié.

– Grands dieux ! s'exclama le colonel en riant. Est-ce à dire que nous avons gaspillé notre sympathie, et que votre syncope était une comédie ?

– Formidablement bien jouée, du strict point de vue professionnel ! m'écriai-je en contemplant avec admiration cet homme dont l'astuce m'étonnait toujours.

– Il y a des comédies utiles, répondit Holmes. Quand je me relevai, je tenais toute prête une ruse dont je ne suis pas mécontent pour amener le vieux Cunningham à écrire le mot « quarts » : je voulais absolument le comparer avec le mot « quarts » écrit sur le papier.

– Oh ! quel âne j'ai été ! soupirai-je.

– J'ai bien vu votre commisération à propos de ma faiblesse d'esprit ! fit Holmes en riant. J'étais désolé de vous faire ce petit chagrin inspiré par la sympathie que vous me portez... Nous sommes montés ensemble. Je suis entré dans la chambre. J'ai vu la robe de chambre suspendue derrière la porte. J'ai renversé une table pour détourner quelques instants leur attention, et je me suis défilé pour inspecter les poches. A peine avais-je déniché le papier qui se trouvait, comme je m'y attendais, dans l'une d'elles, que les deux Cunningham se jetèrent sur moi. Je crois véritablement qu'ils m'auraient bel et bien tué si vous n'étiez pas venus à mon secours avec autant de rapidité que d'efficacité. En ce moment encore je sens sur ma gorge les doigts du jeune homme ! Le père me tordit le poignet pour me faire lâcher le papier. Ils avaient compris que j'avais percé leur secret. Passant du sentiment de la plus parfaite sécurité à celui du désespoir, ils agirent en désespérés.

« J'ai eu un petit entretien avec le vieux Cunningham, ensuite, pour me faire préciser le mobile du crime. Il se montra assez raisonnable, alors que son fils, parfait démon, aurait fait sauter la cervelle de tout le monde s'il avait pu remettre la main sur le revolver. Mais quand Cunningham vit que les charges qui pesaient sur lui étaient écrasantes, il entra dans la voie des aveux. Il semble que William ait secrètement suivi ses deux maîtres pendant la nuit où ils se livrèrent à leur expédition chez M. Acton ; comme il les tenait en son pouvoir, il essaya en les menaçant de les faire chanter. Mais M. Alec n'était guère homme à supporter ce jeu. De sa part ce fut un trait de génie de distinguer dans l'épouvante que les cambrioleurs avaient semée dans le pays, l'occasion de se débarrasser de l'homme qu'il redoutait. William fut attiré dans un guet-apens et exécuté. S'ils avaient seulement récupéré tout le billet qui lui assignait un rendez-vous, et s'ils n'avaient pas négligé quelques petits détails, il est fort possible qu'ils n'eussent jamais été soupçonnés.

– Et ce fameux billet ? demandai-je.

Sherlock Holmes le plaça devant nous en rapprochant les deux morceaux. Voici ce que nous lûmes :

« Si vous voulez vous trouver à onze heures trois quarts à la porte de service, vous apprendrez quelque chose qui vous étonnera beaucoup et qui vous sera utile, à vous ainsi qu'à Annie Morrison. Mais n'en parlez à personne. »

– C'est bien ce que je supposais, dit Holmes. Bien sûr, nous ne connaissons pas encore les relations qui ont pu exister entre

Alec Cunningham, William Kirwan et Annie Morrison. A ne considérer que le résultat, le piège avait été adroitement tendu. Je suis sûr que vous serez ravis par les signes d'hérédité que révèlent les p et les q. L'absence des points sur les i dans les mots écrits par le vieux Cunningham est non moins caractéristique. Watson, je crois que nos petites vacances à la campagne m'ont admirablement réussi. Je rentrerai à Baker Street en pleine forme dès demain !

Toutes les aventures de Sherlock Holmes

Liste des quatre romans et cinquante-six nouvelles qui constituent les aventures de Sherlock Holmes, publiées par Sir Arthur Conan Doyle entre 1887 et 1927.

Romans

* Une Étude en Rouge (novembre 1887)
* Le Signe des Quatre (février 1890)
* Le Chien des Baskerville (août 1901 à mai 1902)
* La Vallée de la Peur (sept 1914 à mai 1915)

Les Aventures de Sherlock Holmes

* Un Scandale en Bohême (juillet 1891)
* La Ligue des Rouquins (août 1891)
* Une Affaire d'Identité (septembre 1891)
* Le Mystère de Val Boscombe (octobre 1891)
* Les Cinq Pépins d'Orange (novembre 1891)
* L'Homme à la Lèvre Tordue (décembre 1891)
* L'Escarboucle Bleue (janvier 1892)
* Le Ruban Moucheté (février 1892)
* Le Pouce de l'Ingénieur (mars 1892)
* Un Aristocrate Célibataire (avril 1892)
* Le Diadème de Beryls (mai 1892)
* Les Hêtres Rouges (juin 1892)

Les Mémoires de Sherlock Holmes

* Flamme d'Argent (décembre 1892)
* La Boite en Carton (janvier 1893)
* La Figure Jaune (février 1893)
* L'Employé de l'Agent de Change (mars 1893)
* Le Gloria-Scott (avril 1893)
* Le Rituel des Musgrave (mai 1893)
* Les Propriétaires de Reigate (juin 1893)

* Le Tordu (juillet 1893)
* Le Pensionnaire en Traitement (août 1893)
* L'Interprète Grec (septembre 1893)
* Le Traité Naval (octobre / novembre 1893)
* Le Dernier Problème (décembre 1893)

Le Retour de Sherlock Holmes

* La Maison Vide (26 septembre 1903)
* L'Entrepreneur de Norwood (31 octobre 1903)
* Les Hommes Dansants (décembre 1903)
* La Cycliste Solitaire (26 décembre 1903)
* L'École du prieuré (30 janvier 1904)
* Peter le Noir (27 février 1904)
* Charles Auguste Milverton (26 mars 1904)
* Les Six Napoléons (30 avril 1904)
* Les Trois Étudiants (juin 1904)
* Le Pince-Nez en Or (juillet 1904)
* Un Trois-Quarts a été perdu (août 1904)
* Le Manoir de L'Abbaye (septembre 1904)
* La Deuxième Tâche (décembre 1904)

Son Dernier Coup d'Archet

* L'aventure de Wisteria Lodge (15 août 1908)
* Les Plans du Bruce-Partington (décembre 1908)
* Le Pied du Diable (décembre 1910)
* Le Cercle Rouge (mars/avril 1911)
* La Disparition de Lady Frances Carfax (décembre 1911)
* Le détective agonisant (22 novembre 1913)
* Son Dernier Coup d'Archet (septembre 1917)

Les Archives de Sherlock Holmes

* La Pierre de Mazarin (octobre 1921)
* Le Problème du Pont de Thor (février et mars 1922)
* L'Homme qui Grimpait (mars 1923)

* Le Vampire du Sussex (janvier 1924)
* Les Trois Garrideb (25 octobre 1924)
* L'Illustre Client (8 novembre 1924)
* Les Trois Pignons (18 septembre 1926)
* Le Soldat Blanchi (16 octobre 1926)
* La Crinière du Lion (27 novembre 1926)
* Le Marchand de Couleurs Retiré des Affaires (18 décembre.
  1926)
* La Pensionnaire Voilée (22 janvier 1927)
* L'Aventure de Shoscombe Old Place (5 mars 1927)